和科学家一起探案

印刷作坊里的蹊跷事

古登堡身边的侦探故事

[德] 安内特·诺伊鲍尔　著

[德] 约翰·布兰德斯泰特　图

陈萌萌　译

中国人口出版社
China Population Publishing House
全国百佳出版单位

著作版权登记合同
图字：01-2014-7640

图书在版编目（CIP）数据

印刷作坊里的蹊跷事 / （德） 诺伊鲍尔著 ； 陈萌萌译. -- 北京 ： 中国人口出版社， 2015.7
（和科学家一起探案）
ISBN 978-7-5101-3177-6

Ⅰ. ①印… Ⅱ. ①诺… ②陈… Ⅲ. ①儿童文学－侦探小说－德国－现代 Ⅳ. ① I516.84

中国版本图书馆 CIP 数据核字 (2015) 第 034673 号

印刷作坊里的蹊跷事

[德] 安内特·诺伊鲍尔 著
[德] 约翰·布兰德斯泰特 图
陈萌萌 译

出版发行	中国人口出版社
社　　长	张晓林
网　　址	www.rkcbs.net
电子邮箱	rkcbs@126.com
总编室电话	(010)83519392
发行部电话	(010)83534662
传　　真	(010)83519401
地　　址	北京市西城区广安门南街 80 号中加大厦
邮　　编	100054
印　　刷	三河市天利华印刷装订有限公司
开　　本	787 毫米 ×1092 毫米　1/32
印　　张	4
字　　数	80 千字
版　　次	2015 年 7 月第 1 版
印　　次	2015 年 7 月第 1 次印刷
书　　号	ISBN 978-7-5101-3177-6
定　　价	16.00 元

Abcdef

目录

排字手盘上的威胁讯号

这一天，弗里德尔像往常一样一大早就打开印刷作坊的门，眼前的景象让他大吃一惊：“天啊！怎么会这样？”

清晨的第一缕阳光透过羊皮纸窗户，把作坊里的一切照得清清楚楚。弗里德尔不敢相信自己所看到的场景：铅字盒被打翻在地；平常整齐有序地摆在格子中的金属字母，现在却横七竖八地被扔得满屋子都是；刷墨滚筒也被撕开了，里面的鬃毛被扔到了压印机床上。

“哦不！有人闯进了作坊，把这儿翻腾得乱七八

糟！”弗里德尔真希望自己今天不是第一个走进作坊的人。他应该等师傅吃完早饭，和他一块儿过来。他正抓着自己棕色的头发不知所措时，突然发现靠街的一扇窗户被捅了一个窟窿。小偷一定是从这里爬进作坊的，而且在进来的时候碰翻了油墨，并踩了进去。到处都是黑脚印，刚印好的作品也被扔在地上踩脏了。

“古登堡师傅该怎么说啊？”弗里德尔一边想一边在亚麻布衣服上擦着手心的汗，“我得赶紧回去找他。”

弗里德尔以最快的速度跑出作坊，气喘吁吁地跑到院子对面师傅住的地方。作为学徒，他住在里面的一个小单间。

“师傅！”弗里德尔冲进厨房，“快去作坊看看吧，不得了了！”

古登堡正在喝牛奶麦片粥，他把小碗放下，看着自己的徒弟。

“怎么了？你先喘口气，然后慢慢说，发生了什么事？”

“作坊……我想……”弗里德尔结结巴巴地说，“您得自己去看！”说着他转身跑回去了。

古登堡“腾”地一下站起来，把小板凳都带翻了。他知道弗里德尔从来不敢开这样的玩笑，马上跟在他后面一块儿飞奔到作坊。

“圣母玛利亚，保佑我……”看到眼前的景象，古登堡面如死灰，本来瘦削的身体缩到了一起。“谁干的？为什么要这么做？”他扯着自己的胡子在房子中间像陀螺似地团团转。

“先看看有没有丢什么东西吧！”过了一会儿，他重重地叹了口气说。

弗里德尔为自己能帮上忙而感到高兴。他跑到物品架前看了看底下的几层，忽然想起什么，又搬了个凳子站上去看了看上面的几层。

“羊皮纸还在！”他放下了心。

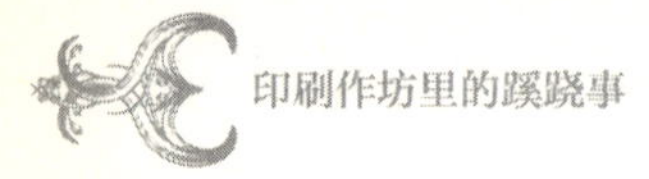

古登堡听见后，在胸前画了个十字说：“感谢上帝！如果羊皮纸被偷了，我就不得不关闭作坊！你知道的，我已经债台高筑了：给工人们发工资要花钱，买铅和锡要花钱，熔炉里的木炭要花钱……埃茨劳已经威胁说如果我再不还钱，他就要告我了。”

弗里德尔从凳子上跳下来，希望能为师傅做些什么。他早就知道古登堡的苦恼了：古登堡把所有的积蓄都投入到他的发明——印刷术之中。但是再丰厚的家底也抵不上花销之巨大，这位曾经的富人不得不四处举债。美因茨当地的富商埃茨劳借给他 1600 个古尔登，但这笔钱需要古登堡贴利加息地偿还。他计划印 180 本《圣经》，用赚来的钱慢慢把债还上。

“嘿！傻站在那儿干什么？快帮我收拾。”古登堡的声音把弗里德尔从胡思乱想中拉了回来。他看见师傅已经从地上捡起了一半的纸。“我这就来。”弗里德尔边答应着，边干起活来。他一边干活一边在想，古登堡怎么才能把他的债务窟窿补上呢？他对自己的作品要求太高，容不得半点儿马虎。假如字母被排错了，或者油墨不均匀，甚至纸上有个褶子，他也会当着伙计的面把纸撕掉。“我们得向修道院里那些手写的书看齐！只有比修士修女的活儿做得更精细，我们才有可能成功！”伙计们不止一次被他的苛刻要求逼疯。

弗里德尔思绪万千，身体也没闲着。他趴在地上

捡字母，顾不得已经破损的裤子时常被地上黏稠的油墨粘住。

“该死的烂摊子！”他正骂着，阿图尔和古斯塔夫两个伙计来了。

“弗里德尔，你在骂……”阿图尔刚想开句玩笑，却被眼前的情景惊得说不出话了。他盯着这一片狼藉，张大了嘴。

“圣母玛利亚！这是魔鬼的杰作吗？”古斯塔夫捂着头说。

古登堡正在把金属字母按顺序放回排字手盘中。他郁闷地说：“咱们店昨晚被贼光顾了。看情形，是有人不想让我们干成活儿啊！”

“幸好没有丢什么东西。”弗里德尔补充说，试图让气氛稍微轻松一点儿。

“但是谁干的呢？”阿图尔耷拉着肩膀看着古登堡师傅。弗里德尔没有说话，默默地去院子的井边打了一桶水。

“来，”他提着水回到作坊，递给阿图尔一块抹布，“早点儿整理好，早点儿开始干活。”

虽然情形恼人，古登堡听到徒弟的话还是欣慰地笑了。

“弗里德尔说得对！”他对徒弟的话加以肯定，卷起袖子说：“怨天尤人没用，我们不会这么容易就被打倒！”

“那就开始吧。”古斯塔夫叹口气，看看比他高一头的阿图尔说，“干活！”

阿图尔和古登堡开始擦洗地上的墨迹，古斯塔夫修理窗户上的窟窿，而弗里德尔则负责清理压印机床上的鬃毛。这时他发现上面方框中端正地放着一个排字手盘。

“奇怪！”他想，“小偷把所有的东西都扔到地上去了，只有排字手盘被好好地放在压印机床上，他是故意的吗？”

他把排字手盘拿起来仔细端详，突然有了新发现。

“这看起来像一句话！”他开始审视上面的字母。作为印刷作坊的学徒，他习惯了看反着的字母。他的工作任务就是在排字手盘上把字母从右到左排列成单词和句子。

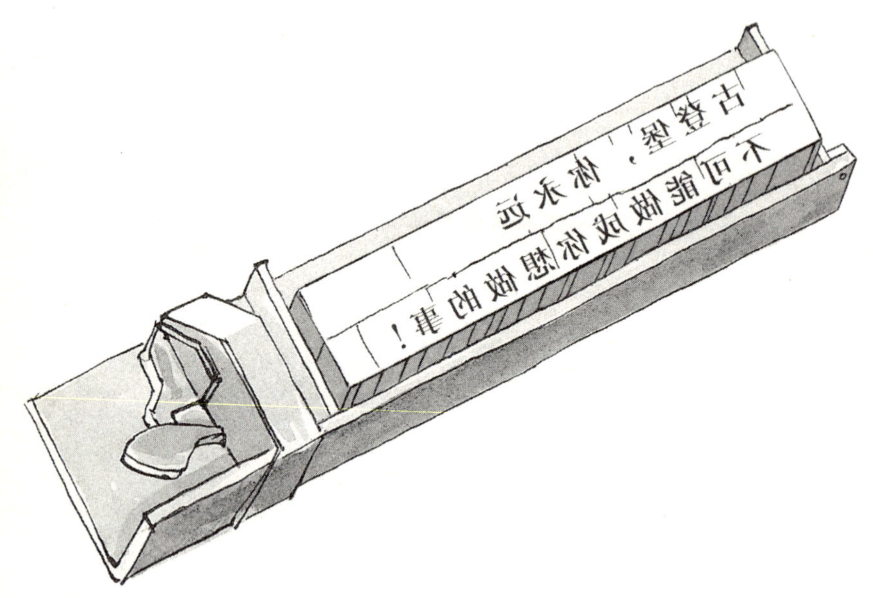

？这句话是什么？

秘密约会

弗里德尔看了师傅一眼，古登堡正专注地弯着腰侍弄铅字盒。弗里德尔迅速地把字母从排字手盘上拿下来，放在了架子上。这种威胁的话古登堡还是不看为好，看了只会使他更生气，对事情一点儿帮助都没有。

其他伙计也都陆续地来了，每个人都很惊讶，没有人知道是谁把作坊弄成了这样。

“做这些事情的人应该被魔鬼拉去煎了！”弗罗姆特——一个左腿僵直的伙计咒骂着，上前帮助古登堡整理金属字母。好像要刻意弥补他腿脚上的不足，

他的一双手做起活来飞快，十指在铅字盒旁上下翻飞。

“快点儿，伙计们，加把劲儿！”阿图尔催促着大伙。“要是我们不能尽快开始印刷《圣经》，古登堡就还不上债，埃茨劳就要接管这个作坊。谁知道到时候我们还能不能拿这么多工资。”

伙计们不敢懈怠，整理的整理，打扫的打扫。到了正午时分，一切都恢复了原来的模样，印刷作坊焕然一新了。

“还算没有倒霉到家，”古登堡摸着胡子轻松地说，“损失没有我想的那么大。”

“是不是快到饭点儿了？”弗里德尔问师傅。他精疲力尽地跌坐在凳子上，“我的肚子反正是开始唱空城计了！”

就在这时，厨房的人通知开餐了。“终于该吃饭啦！”伙计卡尔扯着嗓子叫道。他用手巾擦着额头上的汗，“快来吧，开吃了！”

伙计们用细沙搓搓手，以去除手上的油墨。洗净之后，他们离开作坊，穿过绿树成荫的庭院，到古登堡的房子里吃饭。厨房里，一口大锅在灶台上冒着香气。“安妮，今天有什么好吃的？”弗罗姆特说着抢先在长木桌边坐了下来。其他人也陆续就坐。弗里德尔先从大水壶里倒了些水喝。整个房间里弥漫着蜂蜜和肉豆蔻的味道。厨房的女仆安妮拿着木勺，先给每个人盛蚕

豆。看到伙计们一个个耷拉着脑袋，她停了下来。

“你们今天都怎么了？”她叉着腰问，“谁惹你们生气了？”

古登堡给她讲了昨天夜晚发生的事。

“就冲着这些好饭好菜，在古登堡师傅这里工作也值了。”古斯塔夫叹着气说。其他人都点头附和。古斯塔夫又转身问安妮：“蚕豆里又放了胡椒调味吧？”

安妮点点头。弗里德尔的口水马上流成了瀑布。胡椒是珍贵的调味料，只有富裕的市民才用得起。古登堡虽然债务缠身，却一点儿也不小气。

“是谁把作坊弄成了那样呢？”阿图尔打发完肚子里最着急的馋虫，又提起这个问题。作为年纪最大的伙计，他的问题经常是具有代表性的。

“想阻止印刷《圣经》的人。”古登堡说。

“但是，古登堡师傅，您禁止我们向外人提起这事的。”阿图尔气愤地说。

“是的，为了保证印书这件事顺利进行，我曾请大家保密。我怕教堂会阻止《圣经》印刷品售卖。奥古斯汀修道院已经观察我很久了。奥古斯汀的修士严守教义，他们为了表示虔诚，甚至在冬天赤足走路。他们一定会用尽一切办法阻止我印刷《圣经》的。”

“但是他们为什么不想让我们印刷《圣经》呢？”弗里德尔疑惑地问，“传播教义应该是让他们高兴的事啊！。”

“很多人认为上帝的话如果不是虔诚的基督徒用手写下来的，就失去了原有的圣洁。”古登堡对徒弟解释道。

“另外修士们通过抄书也可以挣一笔钱。”弗罗姆特补充说。他把帽子往下拉了拉，揉了揉僵硬的膝盖，接着说：“如果师傅的发明获得成功，书籍的制作就会变得简单，成本也会降低。这就意味着修士们要遭受损失了。”

“我们继续工作吧，要不然《圣经》永远印不完了。”古斯塔夫打断大家的谈话。伙计们默默地站起身，拍拍安妮的肩膀对她的工作表示赞许，然后回到

了各自的工作岗位。

“今天大家都辛苦了。”傍晚，古登堡把刷墨滚筒放到一边说道。天已经黑下来了，作坊里的光线已经很暗了。“感谢你们的支持，同时希望你们继续为我保密。如果我们遇到困难的消息传出去，我可能就无

法获得所需的材料了——从炉子里的木炭到铸字用的铅。你们很清楚，这意味着什么——我们的事业将不得不终结。现在，回家去陪你们的老婆孩子吧！”

伙计们收拾好自己的东西，穿上外套，陆续离开了作坊，只剩下弗里德尔和古登堡两个人。他们沉默

了一会儿。

“师傅，我想去接一下艾尔莎，不知您允不允许？”弗里德尔打破了沉默。他有些尴尬地瞅着自己的脚尖。

“去吧。”古登堡笑了笑。他早就注意到了，弗里德尔喜欢围着艾尔莎这个漂亮的厨役小妞转。“你去帮她搬东西，艾尔莎会很高兴的。她做的活儿确实太多了，每天晚上从集市上给我们运食物！有时候早上也要运——就为了多挣几个钱，喂饱自己的弟弟妹妹。”古登堡说到这里不禁摇头，“自从她母亲死后，她父亲只顾在小酒馆里喝酒，害得她日夜辛劳。”

弗里德尔立即拿起夹克出了门。离开胡姆布莱希特庄园，他深吸了一口傍晚的空气。他喜欢傍晚，白天已经结束，黑夜遣使者来报到了。

美因茨窄小的街道上，不论贵族太太、手工艺人还是牵着牛马的农民，都在匆匆地往家赶。弗里德尔敏捷地穿过人群，不久就到了圣奎汀教堂。他在这里

漫不经心地画了个十字，对木刻的圣母念一句“万福玛利亚”，就继续朝莱茵河走去。他太想看夕阳余晖洒在宽阔的河面上的景象了，今天也是。

走到莱茵河岸边，弗里德尔已经把印刷作坊里发生的事忘在脑后了。艾尔莎穿着蓝色的亚麻长裙，背着一袋子面包、面粉、苹果、土豆向他走来的时候，弗里德尔更是把白天遭遇的事忘得一干二净了。

“弗里德尔！”艾尔莎高兴地喊，“你在等我吗？”

弗里德尔不好意思地笑着说：“你知道古登堡师傅，他觉得，我应该来帮你搬东西。”

“哦，是古登堡师傅让你来的。”艾尔莎看着弗里德尔，偷偷地笑了，摆弄着自己的长辫子。

“我也觉得这些东西对你来说确实太重了。”弗里德尔赶紧补充说，“我是说……呃，给我就是了。”他说着把袋子接过来背上，两个人叽叽喳喳地说笑着朝胡姆布莱希特庄园走去。

来到厨房，他们看见古登堡坐在炉火前，若有所思。他右手端着一杯药酒，左手抵着额头。白天的事在他的脸上留下了深深的沟痕。

“他这样子好像在等待灵感的到来。”弗里德尔满怀同情地想。

“弗里德尔，艾尔莎，你们回来了。”古登堡冲他们打招呼。但是他平日看见艾尔莎时的高兴劲儿今天却没了。

“古登堡师傅怎么了？”艾尔莎轻声地问，并用疑惑的眼神看着弗里德尔。

“晚点儿告诉你。”弗里德尔轻声说。上午的抑郁心情又回来了。但是古登堡印制《圣经》的计划和目前遭遇的困难不能对外人讲，即便是对艾尔莎也不能讲。而且弗里德尔的经验告诉他，师傅的耳朵是很灵的。

“在我背后嘀嘀咕咕地说什么呢？”古登堡把目光从炉火上移开，看着他们俩问。艾尔莎脸红了，赶快把苹果拿出来在橱柜里放好。弗里德尔感到一阵不安，因为他一下子想起了那句充满威胁意味的话：“古登堡，你永远不可能做成你想做的事！”——他是不是应该告诉师傅这个讯息？但当他看到古登堡那张沉郁的脸时，他决定暂时沉默，毕竟古登堡今天已经遭遇够多打击了。但是如果小偷今晚再次出现怎么办？弗里德尔一下子坐立不安起来，他必须想办法阻止这种事情再次发生。他悄悄地溜出厨房，回到自己房间拿起纸笔准备给艾尔莎写张纸条。“多亏我早就教会艾尔莎读书写字了。”他想着，正要蘸笔写，却想起一件事：“如果纸条落入师傅手中怎么办？”弗里德尔想了想：“为了保险起见，我还是写成我们的暗号吧！”

弗里德尔写的是什么?

得见发明

弗里德尔偷偷地把纸条塞给艾尔莎，艾尔莎不明所以地看着他。弗里德尔往古登堡的方向扭了扭头，艾尔莎明白了。她迅速地藏好纸条，然后把剩下的食品拿出来放好，叠起了袋子。

“那么，明天见！”艾尔莎冲拿着杯子坐在窗前的弗里德尔和古登堡说。急于看到纸条内容的艾尔莎快步离开了胡姆布莱希特庄园。刚来到外面大街上，她就迫不及待地打开纸条看了起来。

“钟敲十二下了。”弗里德尔坐在铁塔的台阶上，听见守夜人报告了 12 点的到来。他很喜欢深夜游荡

在街上。艾尔莎也陪他走过几次，但是大部分时间她都太累了。“希望艾尔莎能来。”弗里德尔心想。他往四周看了看，黑夜中有蝙蝠在围着铁塔飞，一只老鼠吱吱地叫着从城墙根跑过去了，但就是不见艾尔莎的踪影。

“她是不是睡过头了？”弗里德尔从地上捡起一些沙石，看它们从指缝中滑落。他再次想起那个问题——是谁闯入了作坊？

“你已经等很久了吧？”艾尔莎的声音忽然在他的耳边响起。

黑夜中弗里德尔没注意到艾尔莎过来，所以突然听到她的声音就被吓了一跳。“你吓死我了！”

弗里德尔在衣服上蹭了蹭手，指指台阶。艾尔莎坐下来，把披风围紧了些。虽然如此，她还是冷得发抖。

“有什么重要的事，要在这个时间把我从被窝里拉出来？”艾尔莎疑惑地问。

弗里德尔给她讲了印刷作坊遭劫的事。虽然他感到有些对不起古登堡，毕竟他不应该向外人提起师傅的困难处境。但是他知道艾尔莎是可以信赖的，也是能帮上忙的，所以他也没有向她隐瞒排字手盘上威胁讯号的事。

“这么说来，也许小偷还会再来。”艾尔莎说：“那句话听起来像不把古登堡毁掉就誓不罢休的意思。”

“是的，所以我们必须守着作坊。”弗里德尔试图

说服艾尔莎，“而且最好从今天晚上就开始。”

“等一下！如果要我参与这件事情，你就得让我知道前因后果。”艾尔莎说，“作坊里有什么值钱的东西让小偷惦记着？最重要的问题是——古登堡在印什么？我想一定是非常隐秘的东西。”

弗里德尔有些犹疑。师傅信任他，不想让外边的人知道印制《圣经》的事。但是经过一番思考，弗里德尔还是觉得把秘密说给艾尔莎听应该不会有什么问题。“你要承诺不会告诉任何人，我才告诉你。”他强调道。

“我以圣母玛利亚之名发誓。”艾尔莎举起右手说。

“那好吧！”弗里德尔向艾尔莎靠近了一步，

“古登堡想印 180 本《圣经》，其中 150 本纸的，30 本羊皮纸的。”

“天啊！上帝！”艾尔莎画了个十字，“《圣经》只能由修士和修女抄写、传播！”

“嘘——”弗里德尔说，“不要让人听到！”

“但是……”艾尔莎还是无法抑制自己的惊诧。

“你想想，”弗里德尔说，“如果《圣经》被印出来，就有更多的基督徒能读到它，不仅在我们这儿，还能惠及法国和英国。”

艾尔莎知道，邻国的《圣经》也是用拉丁文写的。她开始沉思不语。

“另外，”弗里德尔继续说，“到时候买得起书的人就多了，而不是像现在这样，富人才有能力买书。你知道的，印书比抄书要快得多。”

艾尔莎又吃了一惊。她还从来没想过能读到一本书，更别说去买一本了。

“而这一切都要归功于古登堡大师的发明！”弗

里德尔毫不掩饰自己的自豪感。

“他到底发明了什么？”艾尔莎问道。

“两样东西：一个压印机床，可以将纸张的正反两面都印上字；一个手工铸字盒，可以快速制作字母。”弗里德尔说，“我们现在就去作坊吧！”

“你真的认定，小偷今夜会来吗？”艾尔莎问。此刻弗里德尔已经站起身走了。

“等等我！”艾尔莎生气地喊着，快速跟了上去。

他们走在寂静的街道上，一开始都没说话。这个时间路上已经基本没人了，美因茨像座死城。

“你有没有听见声音？”艾尔莎突然问道。她放慢了脚步，“有什么东西在我们后面刷刷地响。”

“我也感觉好像有人在跟踪我们。”弗里德尔偷偷

地往旁边瞄了一眼，轻声说，“我们走快点儿吧，前面就是胡姆布莱希特庄园了。”

艾尔莎努力跟上他的脚步，但是她突然感到腿边有什么东西，“啊！有人踩住了我的裙子！”然后就看见一个黑影从她身边闪过。

弗里德尔笑了，“是条流浪狗！可能在找吃的。”他抓住艾尔莎的手，“来，我们马上就到了。”

几分钟之后，弗里德尔打开庄园大门让艾尔莎进

去。他们悄悄地穿过庭院，来到印刷作坊。弗里德尔打开作坊门的时候，听到一阵轻微的咯吱声。他们竖起耳朵并四处张望，但是没有别的动静。

“古登堡睡得很沉。”弗里德尔安慰说，然后拉着她进了作坊。月光照进窗户，将作坊笼罩在阴森恐怖的气氛中。艾尔莎惊奇地四处看看，很快就忘了害怕。“我很想看看你说的手工铸字盒，”她说，“这里一定有火把可以照明吧！”

“你疯了吗？火把太显眼了！”弗里德尔说，“万一让古登堡撞见怎么办？或者小偷来了怎么办？”

“别胆小得像只兔子似的。我只是想看一眼。”艾尔莎说。

弗里德尔有些犹豫，但是看到艾尔莎眼神里的乞求，他动摇了。“好吧，”他说，“我点支蜡烛，但是只能看一眼！”

他冲艾尔莎招招手，让她跟过来，然后拿着蜡烛走到熔炉旁边。熔炉上放着一个缠着细铁丝的小工具，

弗里德尔把蜡烛放下，拿起工具，把铁丝打开。艾尔莎看到是两个木块。

“用铸压钢印把字母印在一小块铜版上，就是我

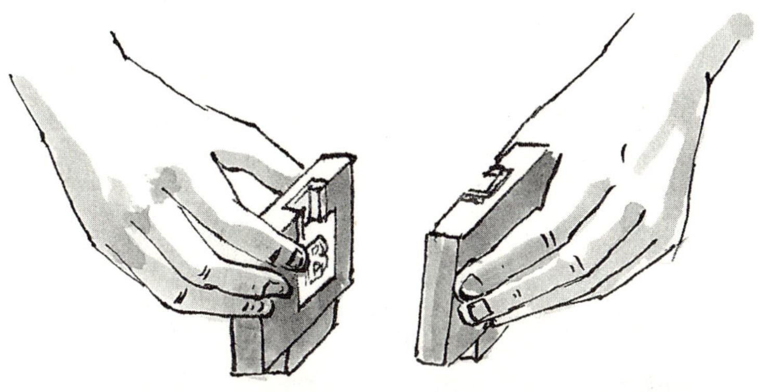

们说的字模，然后把字模放在这两个木块之间，”弗里德尔给她演示着，“这样，看见了吗？”他把两个木块重新用铁丝合在一起。“从这里把铅合金倒进去，”他指着上面的一个小孔，“铅在里面迅速冷却，这样就可以在短时间内制作出来很多字母。当然我们也可以铸造字母组合，比如经常出现的‘au’和‘ei’。”

艾尔莎很受触动，想象着如果她也来作坊工作该

是什么样的景象。这时背后咯吱一声响，打断了她的思绪，把她吓了一跳。

“你也听到声音了吗？”弗里德尔轻声说，“有人要爬窗。快，藏到机床后面。”艾尔莎转身到压印机床后面蹲了下去。

“蜡烛！”她轻声对弗里德尔喊。弗里德尔及时吹灭了蜡烛，并跨了一大步，蹲在艾尔莎旁边。他还没把头低下去，窗户就被推开了，一个黑影爬了进来。

来者从窗台上跳到作坊里。他站了一会儿，好像在观察黑暗里的动静。忽然，出人意料地，他转身窜回窗台，又跳了出去。

“糟糕！他注意到了这里有人！”弗里德尔对艾尔莎说，“而且我知道他是从哪儿看出来的。”

? 小偷是怎么看出来屋子里有人的？

不翼而飞的羊皮纸

第二天早上，睡眠不足的弗里德尔带着两个很重的黑眼圈和一颗充满愧疚的心来到作坊。今天他是最后一个到的，连师傅都已经来了。他在考虑是否应该告诉古登堡，小偷昨夜又来了。但是这样一来他就必须承认自己也在场……要是让古登堡知道有艾尔莎陪着他，还不知道会怎么样呢。

弗里德尔决定先干活等。他跟阿图尔一块儿把新印出来的纸搭在绳子上晾干。阿图尔胳膊长，不费力就能够着绳子。古登堡对这批印刷品很满意：油墨上得均匀，字母排得精准，行距边距整齐得像用手写上去的。

“修士们该向我这儿看齐了，哈哈。”古登堡越看越满意，“我想我们可以开始了，从今天开始印《圣经》！”

站在周围的伙计们拍起手来。“古登堡万岁！”阿图尔叫道。弗罗姆特和卡尔也跟着欢呼。“那我们说干就干起来！”古登堡走到置物架边，往格子里看

去，脸色顿时变了，“羊皮纸去哪儿了？”他在架子上乱翻乱找，“谁把羊皮纸拿走了？”他看着伙计们。大家都很惊诧，没有人答话。

古登堡摇着头坐到凳子上，手捂着脸，然后站起来一言不发地离开了作坊。伙计们看着他出去，没有人敢说一句话。过了片刻，弗里德尔鼓起勇气，冲了出去。“师傅！”他在庭院里追着师傅喊。在住所门口，弗里德尔追上了正在开门的古登堡。

“我们会找到羊皮纸的，”他努力做出一个有希望的表情，“我帮您找。”

“你是我最好的学徒，”古登堡摸摸弗里德尔的头发，“但不是所有的伙计都像你这么忠诚于我和我的工作。我担心，小偷就出在伙计们中间。今天早上我还见羊皮纸放在架子上，一上午并没有外人进来，这样看来，小偷岂不是自己人？”

弗里德尔吃惊地看着师傅。

“我不敢相信。谁会这么干呢？”

“羊皮纸非常昂贵，可以卖个好价钱。”古登堡说，“你知道吗，弗里德尔，昨天我以为，可能是埃茨劳贿赂了我的伙计，让他阻碍我工作。我的钱还不上，埃茨劳就可以接管我的印刷作坊了。他是个精明的商人，当然知道该怎么用我的发明挣钱——他会印些赦罪符、拉丁语法律书和政治新闻，然后大捞一笔。”古登堡看着自己心爱的作坊忧心地说。

“今天您不这么认为了吗？”弗里德尔问道。

“目前我什么都不确定了。”古登堡看着弗里德尔说，“埃茨劳肯定不缺钱，他不必用偷窃这种下三滥的招数给自己敛财。但是——也许他指使了别人来偷羊皮纸，好让我蒙受损失，也说不定。”

弗里德尔点点头。古登堡遇到的困难越多，埃茨劳接管作坊的把握越大。

“或许，埃茨劳跟这一切没有一点儿关系，是伙计偷了羊皮纸，好拿到集市上去卖给商贩。”古登堡叹着气继续说，“但是现在，弗里德尔，我要一个人待一会儿，仔细想一想。”古登堡说着转身进了房间，关上了门。

弗里德尔站在门前，不知怎么办好。“如果小偷是受了埃茨劳的指使，那他一定会把羊皮纸交给埃茨劳，只有这样他才能向埃茨劳证明，他完成了任务。”弗里德尔想，“所以小偷一定会尽快去找埃茨劳，但是他们想不到我会在旁边把整个过程看在眼里——

嗯，马上去找埃茨劳！看看会碰见哪个伙计。”

弗里德尔主意已定，他离开胡姆布莱希特庄园，穿过鞋匠大街，来到市政大楼大街。古登堡曾多次向他提起埃茨劳去年建造的漂亮的大房子。弗里德尔很快找到了写有埃茨劳姓氏的门牌号。他在街道另一边找了个地方躲起来，以便观察埃茨劳家门口的动静。他耐心地等了一会儿，突然怀疑起自己来。

“也许我不该直接离开作坊。谁知道小偷会不会这么快就把羊皮纸交给埃茨劳……要是小偷此刻正在胡姆布莱希特藏东西呢？我岂不是在这儿白忙活一场，腿站断了，小偷也抓不着……”

弗里德尔正想到沮丧处，突然看见埃茨劳胳膊下面夹着一卷纸匆匆地进了家门。

“竟然会这样！”弗里德尔一动不动地盯着埃茨劳，“他已经把东西拿到手了！”

弗里德尔气愤地离开藏身之处，朝街道对面走去。在接近这座豪华的木结构房子的时候，他的心快跳到

了嗓子眼儿。走到门口，他仔细一看，埃茨劳慌忙之中没有把门关好，留了一条缝。弗里德尔偷偷地从门缝中往里看了看，没有人！当他溜到走廊上的时候，觉得自己偷偷摸摸的行为真可耻，真想立即转身回去，但是他必须揭穿埃茨劳的阴谋——这是他欠师傅的。他小心地往前摸索着走了几步，想走到埃茨劳的卧室看看。

“叫我逮了个正着，小兔崽子！”弗里德尔忽然听到背后一声怒骂，然后立刻感觉到脖子一阵生疼，一只有力的大手从背后抓住了他。“你在这儿鬼鬼祟祟地干什么？”埃茨劳怒气冲冲地问。他像提着一条落水狗一样把弗里德尔晃来晃去，“你在找食物？还是想偷我的银子？”

“都不是！”弗里德尔辩解道。他希望埃茨劳没有察觉到他的恐惧，于是鼓起勇气说：“您就是在古登堡的印刷作坊里面做了缺德事的人！”

“你在说什么？”埃茨劳不敢相信地看着他，“你是真心说这话的？我平生还没听过这么无耻的话！”

“我刚才看见您胳膊下夹了一卷纸，就是今天从古登堡的作坊里消失的那卷羊皮纸。”

“你就这么武断地给人加上偷盗的罪名？”埃茨劳气得脸都绿了，“那你过来！我要教教你，给别人下评论时要小心点儿！”

弗里德尔看到埃茨劳义正词严的表情，已经明白可能是自己误会他了。他惭愧地跟在房子主人的后面，慢腾腾地来到他的卧室。埃茨劳指着桌子上的一卷纸说：

“我虽然不相信像你这样的木头脑袋会认得字，但是你头上至少也长了眼睛。这是羊皮纸吗？”埃茨劳没好气地问。

“不是，先生，这是普通的纸。”弗里德尔自知理亏，小声地说。他扫了几行纸上的字：“亲爱的，我想念你，就像干枯的花儿想念着水，就像鸟儿想念着阳光，就像云彩想念着微风……”

虽然处境尴尬，弗里德尔看到这些诗句还是忍不住想笑。埃茨劳盯着他，把纸重新卷了起来。

“你倒还认识字。”

埃茨劳怒气未消，“你是古登堡的学徒？”

弗里德尔点点头。

“印刷作坊究竟发生了什么事？”埃茨劳问。

弗里德尔现在只希望师傅知道他干的事之后别揪他的耳朵。现在覆水难收，他只能告诉埃茨劳印刷作坊的秘密，毕竟他看起来真的不像跟这事有什么关联。

“我告诉您印刷作坊的事，您可不能告诉古登堡我来过这儿。”他跟埃茨劳商量。

“好吧，就这么定了。”埃茨劳答应了，伸出手跟他击掌。

弗里德尔讲了印刷作坊的遭遇、古登堡的绝望和他抓小偷的决心。

“天知道，古登堡不该这样倒霉。”埃茨劳听弗里德尔讲完，摇着头说，“看来，我得把要他还债的时间往后推迟。我不想在别人陷入困境的时候落井下石，那不光彩。现在，你走吧！”

弗里德尔回到大街上，舒了一口气，“还算比较走运！”

他轻松地走在回胡姆布莱希特庄园的路上，重新思考起来：“如果小偷在伙计们中间，那么羊皮纸确实可能还在作坊附近。”

弗里德尔打开庄园大门，在院子里东瞅西瞅。“如果是我偷了羊皮纸，我会把它藏哪儿呢？”他问自己，突然有了发现。

?弗里德尔看到了什么?

跟踪

弗里德尔像被磁石吸引着，走到了杂物间。杂物间门口堆着作坊里产生的废料——废皮革、旧箱子、木板。在这些东西中间，他发现了卷着的羊皮纸，便把它拿了出来。

“还好是干燥完好的。”弗里德尔鉴定了一番，“我得赶紧去找古登堡师傅！或者……我应该藏到杂物间，守株待兔，看看谁会来取走羊皮纸，这样就能把小偷揪出来了！”

弗里德尔往四周看了看，很好，庭院里没有别人！他推开杂物间的门，悄悄地躲了进去。

“我把门留一道缝，这样就能看到外面的动静了。”他想，“看看谁会被我撞见。”这是弗里德尔这一天中第二次耐着性子等待小偷的出现。不过这次没过几分钟，作坊的门就开了，进来一个伙计，偷偷摸摸地四处张望。

“居然是弗罗姆特！”弗里德尔脑海中像亮起了一道闪电。

弗罗姆特慢慢地靠近杂物间，最后站在了虚掩的门前。弗里德尔的心脏跳得如此之快，以至于他怀疑弗罗姆特都能听到。弗罗姆特拿了羊皮纸，藏在披风中，然后拖着跛脚，尽可能快地离开了庄园。弗里德尔跟在他后面，想看看他会去哪里。

他们一前一后

地走在通往莱茵河的街道上。忽然弗罗姆特拐进了一扇大门。弗里德尔知道门后是什么，他太了解这里了。莱茵河上的船只运来各国的奇珍异宝，商人们把东西都陈列在这个大厅里，卖给美因茨人。弗里德尔经常

替古登堡在这里购物，也总惊异于这里的稀奇玩意儿。象牙、兽皮、香料……都堆到了屋顶那么高。但是现在弗里德尔没有时间观赏这些东西。“我不能让弗罗姆特跑掉。”他想。

走进大厅，经过一个卖佛罗伦萨精细织品的摊子，他找了个地方躲起来，看见弗罗姆特走到一个卖鸟的货摊前，从披风里拿出羊皮纸，跟摊主激烈地比画着。最后摊主从裤子口袋里拿出一个皮钱包，递给弗罗姆特一个金币。弗里德尔小心地往那边靠近了一点儿。

“什么？才一个金币？这可是上好的羊皮纸！”他听见弗罗姆特叫道，“是我直接从古登堡的印刷作坊拿的！”

弗里德尔再也忍不住了，跳出来挥舞着拳头喊道：“你居然敢公开承认偷了东西？你不觉得羞耻吗？”

弗罗姆特看着突然出现的弗里德尔，一下子惊呆了。

“我跟这事一点儿关系都没有啊！”摊主拉着弗里德尔的衣角乞求说，“相信我！”说完他转身去侍弄鹦鹉了。笼子里的鹦鹉受了惊吓，都呼啦啦地拍着翅膀。

弗罗姆特卷起羊皮纸想趁机逃跑，但是他僵硬的

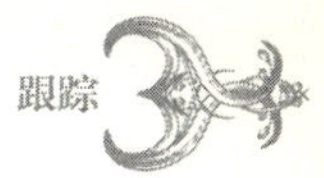

膝盖不允许。只跑了几步，弗里德尔就拽住了他的衣服，紧紧地抓住了他。

“不许走！跟我去见古登堡！”弗里德尔吼道，把他抓得更紧了，“如果你不乖乖地跟我走，就等着蹲监狱吧。回去向古登堡坦白一切，或许还能得到他

的原谅。”

“别……求你……我……”弗罗姆特很不情愿地被拉出了大厅。

过了不久，他们回到古登堡的庄园。弗里德尔没有犹豫，拉开了师傅卧室的门，把弗罗姆特推了进去，喊道：“小偷在这儿！”

古登堡坐在桌边，惊讶地抬起头。

“这是羊皮纸！”弗里德尔把东西递给古登堡。

“弗罗姆特，竟然是你干的！”古登堡大感意外，吃惊地接过羊皮纸，“你知道你偷了它，给我造成了多大的损失吗？”

弗罗姆特胆怯地低下头，眼睛看着地面说：“是的，是我干的，我偷了羊皮纸。”他抬起头，“但是前

一天的事不是我干的！”

“你是想让我相信你吗？”古登堡说，“我怎么可能还相信你的话？”

弗罗姆特羞愧地低头不语。

“我知道弗罗姆特肯定没有跳窗户闯入印刷作坊。”弗里德尔突然说。

古登堡不解地看着他的学徒，过了一会儿，笑了起来，“你说得对！弗罗姆特不可能是闯入作坊的人。我怎么没立即想到这一点呢？”

？为什么跳窗户闯入作坊的人不可能是弗罗姆特？

窗外飞书

“即使那晚闯入作坊的人不是你，”古登堡对弗罗姆特说，“你也不能在我这儿待下去了。你走吧。”

“但是，师傅，”弗罗姆特恳求道，“我一大家子老小等着我养活呢，我怎么……”

“快离开这儿！”古登堡喝道，“你应该庆幸我没把你送到监狱里去。”

弗罗姆特羞愧地低下头，离开了胡姆布莱希特庄园。

古登堡叹了口气说：“弗里德尔，我非常感激你找到了羊皮纸并把它带了回来。可惜，最危险的背叛

者还在我们中间，我们一定得把这个人揪出来！”

“一定的，师傅！”弗里德尔说，“我们一定有办法找出他的罪证。”

“现在我们先去一趟作坊吧！”古登堡站起来说，“天黑了，伙计们要回家了。”

送走了伙计们，弗里德尔开始打扫房间，古登堡检验刚印好的作品。“幸好我还有忠诚、勤奋的伙计，”古登堡满意地说，“阿图尔和古斯塔夫很在行！看，弗里德尔，油墨上得多均匀！现在我们也歇歇吧，今天一天够累了。”

困意已经向弗里德尔袭来，他放下扫帚，点头答应：“是，师傅！”

第二天早上，古登堡和弗里德尔坐在厨房吃东西时，艾尔莎的声音从窗外传来。

“如果你们为我开门，就能就着新鲜的乳酪吃你们的面包了！”艾尔莎笑着说。

“等着，我就来！”弗里德尔给艾尔莎开了门。

“早上好！”弗里德尔冲站在门外的艾尔莎高兴地打招呼。

“弗里德尔，我得跟你说点儿事。”艾尔莎顾不得

向古登堡打招呼就把弗里德尔拉到一边，“我昨天在集市上看见格特鲁德了，你知道的，就是古斯塔夫的妻子。”

“你是说我们作坊里的古斯塔夫？”

“是的。你知道吗，她买了胡椒！之后还去了卖肉的摊子。格特鲁德花的钱绝不可能是古斯塔夫在这里挣的，他在作坊里工作挣不了那么多。”

“嗯，你是说，古斯塔夫收了谁的钱，来阻碍古登堡印刷《圣经》？”弗里德尔问，“我不敢相信。古斯塔夫已经是这里的老伙计了，怎么可能是背叛者？”

“格特鲁德一直就很贪财，”艾尔莎说，“她肯定费尽心思说服古斯塔夫去给埃茨劳做事。”

“埃茨劳跟整件事没有关系！”弗里德尔急忙说了他前一天的经历。

“那谁是幕后主谋呢？”艾尔莎听完摇着头问。

“我哪儿知道。”弗里德尔叹了口气，接着说，“古登堡还不知道这不关埃茨劳的事。我总不能告诉他我未经他的允许就闯入了埃茨劳的家吧！”

“不管怎样，我们应该弄清楚格特鲁德哪儿来的

那么多钱。如果埃茨劳与此事无关，那么我们或许可以沿着这条线索找出阴谋策划者。”艾尔莎说，“拿着乳酪。我们晚上见。我得先回家了，弟弟妹妹还等着我呢。”

弗里德尔闷闷不乐地回到厨房。他真不愿相信是古斯塔夫背叛了师傅。

“新鲜的山羊乳酪是最美味的！”吃完了早饭，古登堡心满意足地说，“现在该干活了。今天你来印《约翰福音》。”

古登堡跟各位伙计道了早安，大家各就各位开始工作。弗里德尔和卡尔在压印机床边工作，弗里德尔用刷墨滚筒给放上去的纸张刷上墨，卡尔则把纸夹在机床木框上。

“好了吗？”卡尔问弗里德尔。弗里德尔点点头。卡尔使出全身力气推动操纵杆，福音书的第一页印出来了。卡尔匆匆地在胸前画着十字，嘴里咕哝着：“万福玛利亚，你充满圣宠……你的亲子耶稣同受赞

颂……”

“你不停地咕哝什么呢？”弗里德尔问。他小心地从机床上把印好的纸张拿下来，说：“帮我把纸晾起来吧！”

卡尔没有来帮忙，却继续画着十字，念起“圣父”来。

“要祈祷，你可以去教堂啊。”弗里德尔不耐烦起来，“快点儿吧！不及时把印好的纸晾起来，力气就白费了。”

“我怎么还敢去教堂。有时候我问自己，我们是不是在给魔鬼行方便。”卡尔怅然若失地说。

“你在说什么呢？”弗里德尔不理解地摇摇头。

“每个人都知道，上帝的话没有被印出来过。传

播《圣经》从来都是修士的任务。”卡尔说，“我们永远是有罪之身了。”

“如果你的良心这么不安，灵魂这么痛苦，那你只能去别的地方工作了。”弗里德尔不以为然地说，

“但是我觉得，我们是在为上帝服务。”

“唉，你还太小，不能理解。”卡尔说，“如果我不是有父母，还有那么多孩子要抚养，我会找一份正

当的工作。可是我需要古登堡给的这份工资，这样才不至于挨饿。”

他们正在说话，古登堡的声音从作坊另一边传来：“伙计们，大家集合一下，我有话讲！”

人们放下手中的活，都走到古登堡身边。“你们今天上午都干得很好，可惜我要告诉大家，弗罗姆特

已经不是我们当中的一员了。”大家都不敢相信这是真的，嗡嗡地讨论起来。清楚事情原由的弗里德尔趁机观察着周围的每个人，看阴谋策划者是否会有某种反应从而暴露自己。正当弗里德尔的目光从每个人的脸上扫过的时候，他发现靠街的窗户被推开了一条缝。“大约是风吹的。”弗里德尔正想着，一只手飞快地伸进来，扔下了一个纸团。弗里德尔惊讶地看着这一切。

“弗里德尔！”这时古登堡叫道，“你怎么了？我在说你抓获弗罗姆特的事迹，你却一点儿都不注意听。”

“对不起，师傅！”弗里德尔把目光转到古登堡这里。

“那好，现在我们去吃饭吧。看看安妮烧了什么好吃的！”古登堡结束了训话。弗里德尔赶紧看一眼地上，但是纸团已经不见了。

“见鬼！”弗里德尔心里暗想，“一会儿工夫，东西就没了！”他在房间里搜寻着，回想刚才都有谁站

在窗台附近，谁有可能捡走了纸团。

但是伙计们都已经欢天喜地地去厨房吃饭了。

酒足饭饱，古斯塔夫摸着肚子说：“安妮的厨艺越发精进了！这锅烩菜真是美味！”

“是啊，肉多料足。”阿图尔也说。

古斯塔夫笑了，“下午干活有劲儿了！走吧，开工！”

伙计们回到作坊，立即开始了下午的工作。弗里德尔站到机床边，给剩下的纸涂墨。他从架子上拿刷墨滚筒的时候，把几个字母碰倒了，掉在了地上。

“字母用完应该立即放回原位，”弗里德尔埋怨道，“是谁这么随便地放在这里的！”他弯腰去捡字母，有几个掉在了架子下面，他只能把手伸到里面去摸索。“架子底下怎么这么多东西？一定很久没有打扫了。”他摸到了土灰、纸屑……突然，他摸到了一个纸团。“咦？”他惊讶地想，“这么厚的纸，作坊里可是从来不用的。怎么架子底下有呢？”

弗里德尔预感到这个纸团可能有什么来历，便偷偷地把它塞到了裤子口袋里。他离开作坊，来到杂物间，躲在里面拿出了纸团。

“我得赶紧看看上面写是的什么。”他把纸团展开，是撕碎的纸片。他把纸片拼到一起，看到了上面的内容。

?纸条上写的什么?

格特鲁德的秘密

弗里德尔不动声色地回到作坊继续工作，但是内心有种很不安的感觉，挥之不去。等古登堡宣布下班时，他才觉得轻松了一些。

“你今天不想去接艾尔莎吗？”古登堡用细沙搓着手问。

“想啊，”弗里德尔放下工具说，“我这就去。”

弗里德尔像往日一样跑到莱茵河岸边去等艾尔莎。但是今天看到艾尔莎走过来时，他不像平时那样欢喜，因为他一直在想着秘密纸条的事。

“我要告诉你一些事。”艾尔莎一走过来，弗里德尔就迫不及待地把纸条的事告诉了她。艾尔莎一边听一边不住地摇头，不敢相信有这么离奇的事。

“我们今晚得去墓地的十字架那里，看看阴谋策划者是谁。”弗里德尔最后说道，然后兴奋地看着艾尔莎。

“你真的想这么做吗？”艾尔莎提出意见，“那里晚上一定很吓人。”

“如果你不愿去，我就自己去。”弗里德尔坚定地说。

“先等一下嘛！”艾尔莎一直没来得及把肩上沉重的袋子放下来。她放下袋子接着说：“我没有说不去，也不是这个意思，只是我得跟你说另外一件事情。格特鲁德今天又去集市了，还买了羊毛。这很不合情理！”

“我还是无法想象，古斯塔夫会接受别人的钱财来阻碍古登堡的工作。他一直赞叹这个发明的！而且，幕后指使的人又是谁呢？谁在操纵这一切？”弗里德尔挠着头，“我们可以去一趟古斯塔夫和格特鲁德的家，去拜访一下他们不会有什么损失。也许我们可以调查出格特鲁德哪儿来的钱。”

弗里德尔背起袋子，跟艾尔莎一起回到胡姆布莱希特庄园。

把食物放好后，弗里德尔悄悄地瞄了一眼古登堡的卧室。古登堡坐在窗户下，膝盖上放着几页纸，手里端着酒杯，正在读着什么东西。

“我们赶快出发吧，不然天黑了。”弗里德尔拉上艾尔莎，“古登堡看得很投入，他不会发现我们的。”

不久，两个人就到了施泰因大街。虽然这个曾经最著名的贫民窟现在住的早就不是最穷的人了，但是没有铺石块的路面非常泥泞，弗里德尔和艾尔莎有时还是会踩一脚泥的。街边歪歪斜斜的房屋让人感觉仿佛一阵风就能被吹倒似的。

“古斯塔夫就住在前面。”弗里德尔指着路尽头的一座小房子说。

“也许我们可以从墙外往里瞄一眼。”艾尔莎说，“看看里面藏着什么。”

他们小心地接近这座屋顶已倾斜的砖房。院墙很矮，艾尔莎和弗里德尔踮起脚尖就能看到里面的情形。

格特鲁德蹲在小花园中，在用小钉耙松土，同时嘴里不停地咕哝着什么。

“格特鲁德在干什么？”艾尔莎轻声地问，“她刚扔下了钉耙，在抚摸植物的叶子。”

“她的嘴唇一直在动，好像在跟植物说话。”弗里德尔也轻声说，“看，现在她从围裙里拿出了另一件工具。”

“咦——看起来像剁下来的猫爪子！”艾尔莎一阵恶心。

格特鲁德在土里挖了个小坑，往里面吐了三口唾沫，在前面鞠了个躬。突然一阵婴儿的哭叫声响起，格特鲁德站起来，把工具扔到一边，走进了屋。

“我想，我知道格特鲁德在干什么了。”弗里德尔轻声对艾尔莎说，“来，扶我跳到墙那边去。”

艾尔莎当梯子，弗里德尔左脚踩到她手上，胳膊用力一撑，跳到了墙内。他偷偷地瞄了一眼屋里，格特鲁德正在哄一个婴儿入睡。他悄悄地从花园中的植

物上摘下几片叶子，塞到了口袋里。他从稍远处助跑了一段距离，一跃上墙，回到了艾尔莎身边。

“你在干什么呀？”艾尔莎问，“你什么时候对植物感兴趣了？”

“随我来，”弗里德尔说，“我们回胡姆布莱希特庄园去。到那儿我解释给你听。”

弗里德尔确定古登堡还坐在自己的房间里看书后，悄悄地溜进了旁边的房间。

“该死，那本书放哪儿了？”弗里德尔在书房的书架上寻找着，“古登堡前几天还拿着它呢。”最后他终于找到了那套厚厚的丛书，毫不犹豫地从里面抽出了想要的一本，回到院子里。艾尔莎正在院子里等他。

“我找到想要的东西了！”弗里德尔把书拿给她看，“古登堡曾多次给我讲过黑死病的事。几十年前，这种瘟疫几乎夺去了美因茨一半人的生命。今天还有很多人担心这种病会再次暴发。”

艾尔莎点点头，她也经常听说黑死病的事，知道它给美因茨带来的巨大灾难。

“但是这跟格特鲁德有什么关系呢？”艾尔莎还是不解。

“古登堡师傅对我说，人们为了击退黑死病，想尽了各种办法。”弗里德尔继续说，“他们把妇女当作巫婆烧掉，用月桂叶驱赶家中的撒旦，还杀了很多牲畜作为供品。人们煮汤汁来退烧，在黑色的脓包上涂草药来消除脓肿。”

“我们的祖辈受了怎样的磨难啊！”艾尔莎同情地摇着头说。

“有些人依然相信，在某些植物上施加正确的魔法，是可以防止这种病传染的，但是能唤起植物灵性的妇女只有少数。”弗里德尔接着说，“很多人为了得到治病药草，不惜一掷千金。毕竟黑死病在我们的邻国还在肆虐，美因茨也可能再次暴发。”

弗里德尔说完，翻开手里的书，找到画着植物的

那一页。

“在这儿，你看。现在我们知道，格特鲁德的钱是怎么来的了。”弗里德尔从口袋里掏出在格特鲁德家摘的叶子，艾尔莎仔细地对照了一下，终于明白了弗里德尔的意思。

？格特鲁德种的是什么植物？

夜半陵园

“那么，格特鲁德的财源疑团解开了。”艾尔莎对弗里德尔说，“她把曼德拉草卖给怕得黑死病的人。”

“是的，”弗里德尔说，“他们认为曼德拉草能退烧，防止黑死病的传染。”

两个人沉默了一会儿。想到黑死病有可能再次在美因茨肆虐，他们都觉得很可怕。

“看来我们今晚必须去一趟墓地了，躲在一旁仔细地观察这个神秘的会面。”艾尔莎打破了沉默。

“那我们现在先各自回去睡一会儿吧。我夜里来找你，我们一块儿去墓地。”弗里德尔建议说。他把艾尔莎送到家门口。

“晚些见！”艾尔莎说完跑回了家。在上床之前，她还得先哄弟弟妹妹睡觉。

几个小时之后，看见弗里德尔在黑夜里向她家走来，艾尔莎在门口的黑暗处轻轻喊道：“我在这儿！”然后出了门。

“你已经在等我了？”弗里德尔轻声问。

“是啊，我还想，或许你不来了呢。”艾尔莎说。

弗里德尔拉着艾尔莎的手，两个人一同来到墓地。黑夜里，墓碑和十字架显得比白天更加阴森恐怖。

“还好，月亮很亮。”弗里德尔说。艾尔莎不知道是否该同意他的观点。因为有月光，墓地里的小路好辨认了，但这银色的光给人以尸体仿佛要从地底下钻出来的感觉。猫头鹰的叫声是这死寂的黑夜里唯一的声响。

“这里一定聚集了很多老鼠……”艾尔莎轻声说。被老鼠包围这件事，对她来说是最令人感到不舒服的。

她向弗里德尔靠得更近了一点儿。

“前面就是大十字架。”弗里德尔没有注意艾尔莎的话，指着前面说。艾尔莎看到了大十字架，它矗立在墓地中央，高于旁边的坟墓。

“我们在那边的柳树后面等吧。”艾尔莎建议。她指着相隔几米、可以藏人的一片柳树，“这样我们就可以偷听到密谋者的对话，而且不用担心被发现。”

弗里德尔和艾尔莎在树后面藏好后，远处传来了守夜人的钟声。“12 点了。”弗里德尔轻声说。

“夜半。”艾尔莎说。想到在午夜这个时间身处一座陵园，她要念多少遍圣父才能化解心中的恐惧。但是她已经没有时间念了，因为前面传来了匆忙的脚步声，很快，脚步声在十字架前停下了。

“你认出这是谁了吗？”艾尔莎问，“我只看见一个身形，并且裹着头巾。”

“我也认不出来。”弗里德尔轻声回答，“影子把脸都遮住了。”

虽然裹着头巾，但那人好像很怕冷似的，在十字架边走来走去。

“另一个男人呢？”艾尔莎问。

“还不知道另一个人是男是女？”弗里德尔说，“希望马上能见分晓。”

突然，一盏灯笼好似凭空出现，一个身形高大的男人走近十字架。“奇怪，”弗里德尔的眼睛追随着那盏灯，“他在走路，但我却听不到脚步声。”

“我也听不到。”艾尔莎想了想说，“对此只有一

个解释：这人光着脚。”

潮湿的冷气渐渐地从脚下侵来，艾尔莎的脚冻得冰凉。想到那个人居然光着脚，她不禁打了个冷战，手往衣服兜里插得更深了。“好在他穿着大衣，不然肯定冻僵了。”

“包裹得这样严实，跟那个人一样也认不出来。”弗里德尔暗想，“会是谁呢……”

“嘘——”艾尔莎打断他，“现在他们开始说话了。”

艾尔莎和弗里德尔紧张地竖起耳朵听声音，同时盯着那盏来回晃动的灯笼。

“风转向了，”弗里德尔快绝望了，“现在是往那边吹的，把说话声都带走了！”

虽然声音微弱，但艾尔莎还是听到了只言片语，“他们在说魔鬼和《圣经》，什么东西太危险。”

这时光脚的人拿出了一个小包。灯光下，金币闪闪发光，从一个人的手上转移到了另一个人的衣兜里。现在谈话伴随着激烈的手势，声音提高了：“你怎么想的？放火烧掉作坊？”艾尔莎和弗里德尔听到了这句。

“想想末日审判！”回复的声音里充满威胁，提灯笼的人转过身，“记得定期查看老橡树的树干，你会在树干的凹槽里找到下一步的行动指示。”走之前他又叮嘱道。弗里德尔和艾尔莎看着他提着灯笼无声无息地远去了。

另一个还没走的人跪下来，握着手祈祷。过了一

会儿，他在胸前画了一个十字，站起来出了陵园。

“走，跟着他！”弗里德尔轻声说，“我们不能让他就这么走了。”

他们小心地离开藏身之处，跟在陌生人后面。那个人头也不回地拐进了路边的一个小胡同，匆匆地往教堂广场的方向走去。

这时，一片乌云遮住了月亮。“你看见他往哪边去了吗？”弗里德尔问艾尔莎。正说着，他的脚绊上了一块石头，身子前倾，“啊！”他扑在了地上。“见鬼！”他骂道。

艾尔莎伸手把他拉起来。弗里德尔立即爬了起来，但动作还是太慢了，他们面前的街道已经空空如也，陌生人似乎蒸发了。

“阴谋策划者跑掉了，我们连他的正脸都没见到！”艾尔莎沮丧地说，“现在怎么办？我们必须阻

止他们放火烧掉作坊！”

“至少我们知道了下一步的行动指示会藏在哪儿。”弗里德尔安慰艾尔莎说。

“是的，老橡树……是指胡姆布莱希特庄园的老橡树吗？”

“如果我们认为阴谋策划者是古登堡的一个伙计，那么就是那棵树。”弗里德尔说，“另外我们还知道了提灯笼的人的来头，所以这一趟没有白跑。现在我们赶紧回去吧，还能睡一会儿。”

？弗里德尔对提灯笼者有何了解？

计策

第二天，弗里德尔跟古登堡坐在饭桌旁吃早饭的时候，内心一直在纠结：是不是应该把昨晚的经历告诉师傅。一方面是他已经隐瞒了这么多，现在说出来对师傅来说一定是晴天霹雳，但是另一方面，他必须把阴谋策划者预谋纵火的事告诉师傅。假如作坊真的毁于熊熊大火，而他明知这一切会发生却不试图阻止，那是多么大的罪恶啊！他一辈子都不会原谅自己。

“弗里德尔，你看起来很疲倦。”古登堡打断了他的思绪，“昨晚没睡好吗？我昨晚翻来覆去老做同一个噩梦，说梦见无数的书籍被烧毁了，熊熊的火焰冲

上天空。”

弗里德尔惊异地看着师傅。这个噩梦是一种预兆吗？他顿时有了把一切告诉师傅的勇气。

“古登堡师傅，”他迟疑一阵后说，“我要向您坦白一些事情……”

弗里德尔把心里的话都倒了出来。他从排字手盘上的威胁讯号讲起，讲到他如何监视埃茨劳，最后说到墓地的秘密会面。听罢，古登堡的脸上已经没有血色了。

“你真不该把这些事都瞒着我啊！”古登堡摇着头说，“奥古斯汀的修士买通了我的伙计，真是没想到啊！作为信教的人，他们能走到这一步，说明他们心里对这种进步的发明该有多恐惧啊！”

弗里德尔忐忑地捧着热牛奶，心想古登堡会怎么惩罚他。

“我真不敢想象，阴谋策划者拿到下一步行动指示之后会怎么做。”古登堡继续说，“我们总不能日夜守着院子里的橡树吧！”

“为什么不可以呢？”弗里德尔说，“我们就这么守着，早晚能把阴谋策划者找出来！”

“你想想窗外飞书的事。”古登堡说，“你只一会儿没注意，纸团就不见了。”

弗里德尔不说话了，他忘了这一点了。

正在这时，艾尔莎的声音从街上传来：“早上好！

想要新烤的面包吗？那你们可得给我开门哟！”

不一会儿，艾尔莎就站在了厨房里，烘焙的香气立即弥漫了整个房间。弗里德尔舔了舔嘴唇，切下了一块面包，在热牛奶里蘸了蘸，美美地享受起来。

“弗里德尔刚才跟我坦白了你们过去几天所干的事。”古登堡开口说。

艾尔莎的脸立即红了，她真想找个地缝钻进去。

“虽然你们不应该对我有所隐瞒，但是我也不打算惩罚你们，因为你们的意图是好的。希望我可以根据你们打探出的结果想出应对的办法，避免最坏的事情发生。但是怎么做最好呢？”

“对不起，师傅，”艾尔莎的脸更红了，紧张地用右手拨弄着自己的辫子，“我有个办法。我们使个计策，引阴谋策划者上钩。”

古登堡和弗里德尔都好奇地看着艾尔莎。

“这话怎么说？”古登堡问。

“我们自己写一张纸条，放在老橡树的凹槽里。”

艾尔莎说。

“纸条上写什么呢？”弗里德尔问。

“很简单！命令他今夜就放火烧掉作坊。”艾尔莎说。

弗里德尔明白了艾尔莎的意思，说：“而我们会等候阴谋策划者出现，在作坊里抓他个现行！”弗里德尔的眼睛放着光，“然后还能得知阴谋策划者的名字，彻底阻止灾祸的发生。”

古登堡迟疑地抓着头发。“等一下，”他说，“不能贸然这么做！”

“为什么不能？”弗里德尔问，“有什么不妥的地方吗？”

“万一我们动作不够迅速怎么办？万一我们不能阻止火灾，让阴谋策划者得逞怎么办？”古登堡站起来，在厨房里来回走动着。

“请允许我问一句，古登堡师傅，”艾尔莎说，“您有更好的办法吗？”

“这正是问题所在。”古登堡手捂着头说，“我一生还从来没像现在这样一筹莫展过！”

“我们至少应该试一下。”弗里德尔说，“总不能坐以待毙吧！”

弗里德尔跑进自己的房间，拿了纸和笔。“我们就这样写——”他蘸了蘸墨水开始写。艾尔莎站在旁边看着他。“时间紧迫。纵火大计就定在今晚。事成之后，有最丰厚的回报等着你。”

“你的字怎么写得这么奇怪？”艾尔莎读完后问道。

弗里德尔搁下笔，满意地晃晃自己的作品，好让墨迹赶快干。

“因为我在模仿那个修士的笔迹。”弗里德尔解释说，“我在作坊架子下发现了他写的纸条，知道他的字是什么样。”弗里德尔自豪地看着师傅。

“同意。”古登堡终于说，“由于我没有更好的主意，恐怕只能同意你们的计策了。祈求上帝保佑这个计划成功吧，不然我们都要完蛋了！”

艾尔莎在胸前画了个十字。弗里德尔把纸折起来，放进了衣兜。

“古登堡师傅和我现在就去作坊。”弗里德尔说，“伙计们还没来，院子里没人，我们可以在走过去的时候把纸条塞到树干里。”

三个人默默地走出厨房，各怀心事。如果抓不到阴谋策划者，让他继续逍遥法外，那么古登堡就完了，弗里德尔就会丢了学徒岗位，艾尔莎也少了收入来源。

“晚上见！”艾尔莎与费里德尔告别，“天黑了我

再来！”

“晚上见，艾尔莎！”弗里德尔说：“一切都会好的！”

艾尔莎走了。弗里德尔摸摸衣兜里的纸条，走到老橡树前。虽然知道院子里只有古登堡一人，他还是下意识地向四周看了看。确定没人后，他才把纸条塞进树干上的凹槽里，然后转身迈着坚定的步伐走进了作坊。

一整天，弗里德尔都无法定下心来工作。他很高兴被分派了推操纵杆而不是排字的活，因为吃力的活比较能让人静下心来。弗里德尔数次想去院子里看看纸条还在不在，但是为了不引起阴谋策划者怀疑，他都忍住了，把注意力尽可能地放在工作上。

这一天终于过去了。傍晚，古登堡像平常一样跟各位伙计告别。他的眼窝已经深陷下去，脸色无比憔悴。希望厄运赶快过去。弗里德尔心想，师傅真的快承受不住了。

伙计们一离开，古登堡和弗里德尔就来到院子中的橡树旁。弗里德尔带着一颗怦怦跳动的心查看了树干上的凹槽。“纸条被拿走了！”他轻松地说。

“我不必看凹槽就知道了。”古登堡指着地上说，“你看，阴谋策划者还真以为他在替上帝做事。”

? 地上有个十字架，你找出来了吗？

双倍逆转

“您是说，阴谋策划者在为他的罪行祈求上帝的宽恕？”弗里德尔鄙夷地说，“这是什么样的异端信仰啊！”

“你知道，既然妇女可以被当作巫婆活活烧死，那还有什么不可能的。”古登堡说，“人们要经历很长时间才能慢慢习惯进步的思维方式，相信命运是掌握在自己手中的，而不是由黑暗的力量或者魔鬼决定的。”

弗里德尔仔细地听着，却并不十分明白师傅的意思。他正要细问，古登堡已经转换了话题，“你知道

吗，一方面我盼着今晚能抓住阴谋策划者，另一方面我又害怕面对，不想知道阴谋策划者是谁。”这一点弗里德尔非常明白。“我们先吃些东西，等一下艾尔莎吧。”古登堡又说，“我们得养精蓄锐，迎接这个决定性的夜晚。”

师徒俩一块儿来到厨房。弗里德尔摆上盘子，用勺子从大锅中盛出中午的剩饭。虽然饭已经在灶上热过了，但古登堡和弗里德尔还是没有什么胃口。等艾尔莎来的时候，他们盘子里的食物才吃掉了一半。今天还是弗里德尔去给艾尔莎开门。

“你想吃些东西吗？”弗里德尔指着桌子上一个没用过的盘子问艾尔莎。

等艾尔莎吃完，月亮已经升起来了，月光透过窗户照进厨房。

“该出发了，”古登堡站起来说，“我们去作坊吧。”

“出发！”弗里德尔坚决地说，“终于是抓住那个坏蛋的时候了。”

在微弱的月光下，三人穿过院子来到作坊。

“我们最好分开，找适当的位置藏好，让坏蛋无处可逃。”古登堡分派任务，“弗里德尔，你藏在到架子后面。艾尔莎，你蹲到机床后面。”

弗里德尔和艾尔莎没有异议，各自藏好。古登堡蹲在了大铅字盒后面。一场看起来无尽的等待在黑夜里开始了。弗里德尔白天干活太累，现在困得几乎睁不开眼了。他真想伸个懒腰，打个哈欠。艾尔莎也是又累又困。只有古登堡精神抖擞，一动不动地盯着窗户。

突然，印刷作坊的门被踢开了。弗里德尔一下子清醒了，紧张地屏住呼吸。来者举着一支熊熊燃烧的火把，在火光的映衬下，显得无比高大。

弗里德尔听见来者径直向架子这边走来，然后毫不犹豫地从架子上扯出一沓纸，放在了桌子上，剧烈的动作使火把也跟着跳动了几下。火燃烧得更旺了，照得陌生人的脸像扭曲的面具。

“以上帝之名！”那人叫了一声，举高火把，准备将火把丢在纸上。

“不！”古登堡惊恐、愤怒地喊了一声，从铅字盒后面跳了出来。

弗里德尔动作更快，已经抓住了阴谋策划者的手臂。古登堡夺过阴谋策划者的火把，大喊道：“快给我住手！”但在下一刻，他愤怒的声音就变成了惊异：“卡尔？！是你？”

“是的。”卡尔惊慌地回答，“以全能的上帝之名，我要阻止《圣经》的印刷！”

“为什么？”古登堡问，“是谁逼迫你这么做的？”

“从一开始我就无法接受您的发明，而我却日复一日地在您这儿干活，我的罪孽也一日深似一日，因为我是在帮助您毁掉《圣经》的圣洁。几周前，我去

奥古斯汀教堂做忏悔，希罗尼姆斯听说《圣经》要被印刷后，非常震惊。他对我说，如果我不阻止您的工作，就会落入万劫不复的地狱。”卡尔绝望地捂着脸，“我不知道怎么办才好。我不想辜负您，但是我对地狱的恐惧太难以承受了！”

“你只能下地狱了，因为你为你的罪行还收受了钱财！”古登堡怒骂。

“但是我能怎么办呢？作坊没了，不收他们的钱，我怎么喂饱我的孩子啊？”

古登堡脸色发白，“你就没有为其他伙计着想一下吗？”

卡尔无法回答，只是抽泣。艾尔莎和弗里德尔看着他，心里都很难过。

“你怎么拿到的大门钥匙？”弗里德尔问。

“古登堡经常把钥匙乱搁在某个地方，”卡尔说，“我做了个蜡质模型，拿到锁匠弗里茨那里配了一把。”

“你今晚怎么没跳窗户，而是从大门进来了呢？”艾尔莎问。

“我一开始跳窗户进来，是不想让你们怀疑阴谋策划者来自伙计们中间。”卡尔说。

“今天就没有这个必要了，”艾尔莎替他说，“如果计划成功，明天这里就是一片灰烬了。”

“你现在马上离开这里，永远别再回来！”古登堡说，“但是你受到的最严厉的惩罚不是被解雇。用不了多久，人们就会认识到书籍印刷的价值，而你将成为所有美因茨居民的公敌，作为他们的背叛者遭到鄙视！”

卡尔不再说什么，默默地离开了作坊。

“弗里德尔，你送艾尔莎回家吧。”古登堡说，“确保她的安全。我现在要躺下睡会儿。明天也是累人的

一天，我要去找希罗尼姆斯谈谈。”

“晚安，古登堡师傅。”艾尔莎告别道。

“晚安。”弗里德尔对师傅说，“您带我一起去修道院吧？”古登堡点点头。弗里德尔带着艾尔莎离开了。

第二天，太阳刚刚升起，古登堡就带着弗里德尔踏上了去奥古斯汀修道院的路。修道院坐落在城门前的山丘上。得到许可后，他们进去找到了希罗尼姆斯。他正在自己的房间做祷告。

“你们有何贵干？”看见有人来了，希罗尼姆斯停止了祷告，站起来说。

“你把卡尔当作一件低廉的工具来利用！”古登堡气愤地指责道，“在此过程中你也犯下了罪过。”

“你们才是有罪之人！”看清来者是古登堡之后，希罗尼姆斯也发怒了，“你们怎么敢印刷《圣经》！这个神圣的任务在上帝名义的保护下是属于修道院的！”

“你这个可怜的白痴！你根本不知道自己在说什么！”古登堡说着从披风下拿出一卷羊皮纸，在希罗尼姆斯面前摊开，“你自己看看！看完之后再说我侮辱了上帝之类的话！”

希罗尼姆斯不情愿地接过递给他的羊皮纸。看了几眼之后，他惊讶地垂下了手。“这怎么可能？”他看着古登堡，“最好的修士也写不了这么整齐！而且我没看到一处错误！”

古登堡笑了，“机器也是由人的手操作的。上帝给了我们智慧，我们可以把它用于传播我们的信仰。”

“即便这样，这也是不允许的！是触犯禁律的！”希罗尼姆斯鄙夷地扔下羊皮纸，“只有信徒才得到允许写下上帝的话。假如每个人都按自己的意愿去传播《圣经》，那该如何收拾？”

“印刷的《圣经》还缺少一样东西，就是彩色的插图。”古登堡不理睬修士的指责。“但是这项工作将由你——希罗尼姆斯来完成！你一定愿意用这种方式来表达你的悔意。另外你的虔诚之手也可以为印刷的《圣经》注入上帝的意愿。这一定是符合你的目的的。难道你要逼我告诉修道院院长你想把我的作坊纵火烧掉的事？”

希罗尼姆斯无语了。他又看了一眼羊皮卷。“我愿意加入，”他面有悔意地说，“我选择帮助您。”

弗里德尔高兴得真想大笑，他一定要告诉艾尔莎这件事，而且今天晚上就要告诉她！在莱茵河的岸边，他们两个人将看着莱茵河美丽的波涛，分享这份喜悦！

附录 1：答案

排字手盘上的威胁讯号

古登堡，你永远不可能做成你想做的事！

秘密约会

今晚 12 点，我们铁塔见，我等你。

得见发明

小偷根据蜡烛还在冒烟，判断出它是刚刚被人吹灭的。

不翼而飞的羊皮纸

破木桶里露出了羊皮纸。

跟踪

弗罗姆特的腿不灵活，所以他不可能爬窗进来。

窗外飞书

今晚 12 点，陵园十字架前等我。

格特鲁德的秘密

格特鲁德种植和贩卖的是曼德拉草。

夜半陵园

弗里德尔知道，提灯笼的人是奥古斯汀教堂的修道士。因为古登堡讲过，修道士为了表示自己的虔诚，会在冬天赤足行走。

计策

十字架在橡树下面，是用两根小树枝摆成的。

附录 2：古登堡生平

关于约翰内斯·古登堡的生平，人们知道得很少，只有他跟债主福斯特的诉讼案能提供一些关于他行为方式的线索。关于古登堡的生辰年份及外貌长相都无据可考。他死后一百年，才发现了他的第一幅画像。

◆ 1400 年左右，约翰内斯·根斯弗来施在美因茨古登堡庄园出生。后来他便根据这个庄园的名字称自己为约翰内斯·古登堡。

◆ 1411 年全家搬到莱茵河畔的埃尔特维勒。

◆ 1419~1420 年，有记录显示，这一年埃尔特维勒有个叫古登堡的人进入埃尔福特大学学习。此人很可能就是约翰内斯·古登堡。

◆ 1434~1444 年，约翰内斯·古登堡在一个文献中被提及，由此证明他常年住在斯特拉斯堡。诉讼中提到的“秘密技艺”，很可能是指当时古登堡已经用印刷机进行了试印。

◆ 1448年，古登堡回到美因茨，试验活字印刷。

◆ 1450年，古登堡从美因茨律师约翰内斯·福斯特处借得800古尔登，建了一个印刷作坊，并雇了工人。

◆ 1450年左右，古登堡发明了手工铸字盒设备。

◆ 1452年，福斯特再次出资800古尔登，并成为印刷作坊的股东，也是“书籍事业”的股东。

◆ 1452~1454年，古登堡印刷了拉丁文版的《圣经》，书的印数不多，共180本。

◆ 1455 年，福斯特将古登堡告上法庭，想要回借款。古登堡很有可能失去了他的整个作坊和已经印好的《圣经》。最终结果如何，现有的资料未有记载。

◆ 1462 年，阿道夫 · 拿骚占领了美因茨，很多人被逐出城市。约翰内斯 · 古登堡也去了埃尔特维勒，在那里建了一个新的印刷作坊。

◆ 1468 年，约翰内斯 · 古登堡去世，被葬在美因茨方济各会教堂。

附录 3：发明家古登堡

压印机床

古登堡发明的基本思想是把一篇文章拆分，把它看成由大小写的字母、标点符号、字母组合（如德语中经常出现的 au、ei、eu）以及缩写等单个元素的组合。这些元素被制成任意数量的字模，再组合成单词、句子、篇章。

为此古登堡首先要制造一个钢印，用钢印在铜版上打出一个反体字母的凹槽。接下来把打好的铜版（蜡版）放置到一个手工铸字盒里，注入铅、锡等物的合金。合金在里面快速冷却后，字模就做好了。

古登堡发明并改造的压印机床使得印刷工序前进了一大步。由于压印的力道均匀，所用的油墨质地黏稠，所以墨迹不会渗透到纸的背面，纸的前后两面都可以印字。

印刷术的起源和发展（译者注）

将文字或图画原稿制成印刷品的技术，最早发明于中国。早期的印刷方法是把图文刻在木板上用水墨印刷，现在的木板水印画仍用此法，统称“刻板印刷术”。宋庆历年间（1041~1048），毕昇首创了泥活字版。后又陆续出现用木活字及锡、铜和铅等金属活字排版印刷书籍，因金属活字不易附着水墨，未能推广。1450 年左右，德国人古登堡用铅合金制成活字版，用油墨印刷，为现代金属活字印刷术奠定了基础。

古登堡印刷品的代表作——《圣经》

古登堡印刷的《圣经》有 1282 页，所以分为上下两册。古登堡印《圣经》时使用了 290 个不同的字模。他以修道士手写的《圣经》为标杆，在字形和页面布置方面力求达到他们的水平。古登堡的印刷水平已经超过了手写《圣经》的质量：在修道士抄写的过程中，笔误往往从上一本延续到下一本，而古登堡只需控制好排版的那一页，就可以避免错误的产生。

古登堡所印的 180 本《圣经》（150 本纸质的，30 本羊皮纸的）中有 48 本存传到了今天。

胡姆布莱希特庄园

古登堡将其出生的地方——胡姆布莱希特庄园，改造成了一个印刷作坊。在印刷《圣经》期间，作坊里有 20 来位伙计，他们的待遇都很好，工资也比较高。但他们必须遵守古登堡的要求——对印刷《圣经》之事保密，因为这种行为会受到一些信教人士的谴责。为了避免此事从一开始就遭到修道士的阻挠，他们必须尽可能地保密。

印刷需要铅、锡、木炭、皮革和鬃毛。看到古登堡购买这些东西，美因茨人以为他在炼金，与当时很多炼金术士所尝试的事情一样。

附录 4：趣味侦探小实验

自己来试一试如何印刷。

你需要：

◆约 10 个硬土豆

◆一支笔

◆水彩

◆一个刷子

◆一个水杯

◆一把水果刀

将土豆从中间切开，在横截面上写一个字。

注意：

必须写成镜像体，像镜子中的字一样！把字周围的土豆肉小心地切掉，形成一个凸出约半厘米的字模。

在字模上刷上水彩颜料，将其向下按在纸上。你也可以把绳线、树叶、布料这些东西贴在硬纸板上，在上面涂上颜料，按到白纸上。拿开之后，白纸上就会显现出相应的图案。

附录 5：作者和插画家介绍

作者——安内特·诺伊鲍尔（Annette Neubauer）幼时就喜欢研究蹊跷的事，胜过玩布娃娃。她至今还崇拜马普尔小姐[①]。马普尔小姐的侦探故事总是将幽默和智慧融为一体。除了写作之外，安内特·诺伊鲍尔还在居特斯洛赫开了一家教育机构。

插画家——约翰·布兰德斯泰特（Johann Brandstetter），1959 年生于阿尔特厄廷根，从小就在父亲的艺术品修复作坊帮忙做事。他尤其喜欢自然和人物题材。现在，他作为插画师在自己阳光充足的画室里给儿童、青少年读物画插画。

①马普尔小姐是侦探小说集《马普尔小姐探案》中的人物。小说作者是英国女作家、有“侦探推理小说女王”称号的阿加莎·克里斯蒂。《马普尔小姐探案》被改编拍成系列电视剧。——译者注